留守にしております。

瀧村小奈生

Konao Takimura

左右社

目次

シロサルスベリアカサルスベリ　5

うたいだすときいつも♭　17

パリの金魚はぼんじゅーと来る　29

待ちくたびれてひっぱった空　41

てっぺんかけたかもしれず　53

ここからが父そこは湖　65

あらアラベスクメヌエットっと　77

ゆゆしきものに油取紙　89

海だからって春だからって　103

あとがき　116

留守にしております。

シロサルスベリアカサルスベリ

のがのならなんのことない春の日の
ルーシーがお空で飼っているくじら

待っている二月みたいな顔をして
三月じゃなくってゼリーでもなくて

鳥雲にクッピーラムネイチゴ味

さくらちるまたねまたねと言い合って

靴踏んで、ねえ、白すぎるから踏んで

パパとママ呼ぶとき口唇破裂音

ひっぱると夜となにかが落ちてくる
完璧な曇り空です。あ、ひらく

きょうこそは蜘蛛らしいことをしようね

境界のいつもは水の側にいる

誰よりもうつくしく剝く茹で卵
一線を画してバンドエイド貼る

きょうもまだ雨音になれなかったな
みずうみになりたいひとが降ってくる

海だったところが夜になっている
言い訳の代わりに九九をずっと言う

恥ずかしいところにヌスビトハギつけて
がんばって擦るとたぶん消える月

ルリヤナギ傾くほうが秋ですよ
息止めて止めて止めて止めて　欅

うたいだすときいつも♭

珐瑯とうつくしく呼ぶ呼吸法
留守にしております秋の声色で

琵琶湖見えないけど滋賀県通過中
岬では耳から風になっていく

あやふやな海岸線をもつからだ
ありふれた平野の四隅折る九月

太刀魚のひかりをするするとしまう

揺れるもの六つ言えたら秋ですよ

吊革のように暮らしていますから
長い夜そっと剝がしている音だ

針の穴通った冬を縫いつける

受話器押しあてれば雪の積もる音

曲がるとき川の脳裏にある予感

休日用時刻表から鳩が出る

一本のバス待つ春のふくらはぎ

行く春のもやっと揺れる砂糖水

雨が海になる瞬間の　あ　だった
そろそろとくちびるを出る枇杷の種

蛾を払う指の先から暮れてゆく
わたしより半音高い雨の音

夜空ごと受信トレイに落ちてくる
朝を待つ象の鎖骨にふれながら

パリの金魚はぼんじゅーと来る

これからが躑躅やんかというときに
国境も仔猫も軽く踏んじゃって

きしめんは太い平たいやるせない
タッチするたんびにチッというマナカ

五月闇ぺろんとめくれそうな顔

晴雨兼用のパラソル的展開

あわや急須どうよどうよと傾いて

とりあえず×＋−÷卵

穴という穴から零れだす銀河

なすびとか食べへんうちは鷹派やし

どこまでも晴れて龍角散日和
くちびるが小籠包と動いてる

降る雨のところどころが仏蘭西語
どこからどう見てもおまえは金魚鉢

言い分がアイス最中の皮みたい
泣くまえのマスカット・オブ・アレキサンドリア

納豆の糸をひらひらさせちゃって
声帯のすき間から秋風の立つ

梨食べたい土星の輪っかかぶりたい
来世ではゴーヤになってぶら下がる

極月のサランラップのやさぐれて
前頭葉ななにんがけのななつぶん

待ちくたびれてひっぱった空

かもしれない人がひゅんっと通過する

何か言う前のあなたのような雲

小春日を起毛してゆく声がある
たどり着かないようにあなたを迂回する

愛じゅせよジュークボックスからじゅせよ

雨の日はラシラシと吸うハーモニカ

恋人はましましましかませばまし
その下の凌霄花めく時間

夾竹桃ざわつかせ僕たちは夏

蟬時雨または土砂降りまたはきみ

心外なところで声は折れ曲がる

ゆく夏のとるにたらないものに雨

さよならの明るいほうが酔芙蓉
まだすこし木じゃないとこが残ってる

冬ざれのようにあなたはいい匂い

陽だまりのふちをなぞると冷やっこい

帰りたくないけど帰るけど饂飩
回文のようにあなたを好きでいる

あふれない水でいましょう　いよう

十月でサ行で薄れゆくもので

いま少し欠けて闘えません　月

わたしたち海と秋とが欠けている

てっぺんかけたかもしれず

湯豆腐の大和魂らしきもの

鷲摑みのかたちを試行錯誤する

短夜のくすくす帝国書院地図

夏の霜踏むときリリー・マルレーン

コイトカメコイコイトカメ水括る
橋ひとつ渡るとすこしよい人に

留守にしております。

栞

言葉たちを仲間に

佐藤文香

すれ違うせせらぐ音を持つ人と

まず、言語表現における音や声のことを考えた。

文字それぞれが音を持つ以上、書かれた作品はかならず音をともなうし、書きながら誰かに語りかけたりひとりでつぶやいたりする書き手もいて、その声がそのまま作品になる場合もある。

正岡子規の〈毎年よ彼岸の入りに寒いのは〉は、母の言葉がそのまま句になったという。なまみの発語がそれだけで作品として立つというのは、短詩型ならではだ。ただし、それはもう、方法としては既存のものとなっている。

瀧村小奈生の作品には、一句のなかで発話の対象を塗り替えるやり方があり、これには子規も驚くのではないかと思った。

完璧な曇り空です。あ、ひらく

あふれない水でいましょう　いよう

一句目、空を覆う雲の一部が崩れて、今にも光が降りてきそう、という様子だろうが、この句の面白さはその語りの変化にある。「完璧な曇り空です」まではリポーターの実況のようなのに、「あ、ひらく」では、予想に反して完璧が失われそうだと気づいたときの素朴な声が漏れている。発話者は同一人物だと思われるが、その人のパブリックな発話とプライベートなつぶやきが共存することが面白い。

二句目、この句も、相手を巻き込んだ意志を表す丁寧な「ましょう」を「よう」と言い換えたことで、呼びかける相手に一歩歩み寄ったことがわかる。我々は堰を切ってあふれ出したりはしない、理性的な流体でありたい。志を保てるのは、連帯あってこそであろう。

どちらの句も中七から下五に移行する際、パーソナルスペース内での発語に切り替わる。読点や一字空きで小さな沈黙を組み込み休符を顕在化させるのも、作家のリズム感が保証される的確な表現だ。

言語の音というのは、自ら繰り出すものと、外界から取り入れるものとがある。瀧村さんは、日々摂取する日本語の音にときめく人でもある。

　琺瑯とうつくしく呼ぶ呼吸法

　いろはにほへとへとになるまでさくら

一句目、ためしに「ほー」で吸って「ろー」で吐いてみると、深呼吸になった。なるほど、「ほーろー」の[o]の音の息が喉を行き来するのは快感である。ちょっといい声で呼んでみたら、琺瑯（鍋か？）の方も照れてしまうだろう、などと思えて嬉しくなった。ここが夜なら、梟が間違って鳴き交わしてくれるかもしれない。

二句目、いろはは歌のはじめは「色《イロ》は《ワ》匂《ニオ》へ《エ》ど《ド》」、言葉遊びとしてはちゃんと意味がある韻文であるところが肝心だが、私たちは「いろはにほへと《イロハニホヘト》」と呪文のように唱え慣れていて、その「へと」の情けなさが「へとへと」という擬態語を呼び出す。粋とは言えない花疲れだが、憎めない日本の春でもあるというのは、ひらがなのかわいさが教えてくれた。

「ましかば・まし」や「もがな」といった、むかし授業で習った日本語の音が、大人になってからふとこぼれることがある。「マサチューセッツ」や「バンテリン」のような地名や固有名詞も、いつも必要なわけではないのについつい手荷物に入れてしまう。およそ生活の役に立たない言葉たちをも、瀧村さんは作品に掬い上げて仲間にしていく。

冒頭に挙げた〈すれ違うせせらぐ音を持つ人と〉についても、すれ違った相手がどんな音を纏っていたか想像できるだけでなく、作者本人や読者である私たちはこの句によって

「すれ」「せら」という小川のさざなみのような音を手に入れ、持ち運ぶことができるというよさがある。五七五のリズムは、自ら日本語を口ずさみ直すパッケージとしてちょうどいい。
句集をめくってゆくと、この人は七七をうたうこともできるのか、と気づく。章のタイトルになっている七七は、絵画メインの展示会場に少しだけ配置された立体彫刻のように、我々を楽しませてくれる。

ここからが父そこは湖
あらアラベスクメヌエットっと

一句目、今この視界の手前の一帯は父が占めているので、そう定義する。一方、視線を移せば少し向こうに湖が広がる。あるいは、父という言葉の指し示す区域があり、その隣に湖がある、とも言える。「湖」の母音も[i]で始まり終わるから、父の隣にあるものとして不自然な気はしないし、子音[m]ふたつ、というのは「ママ」とも通じ、母なる湖とも呼ばれた琵琶湖を思い出したりもする。

二句目、「あらよっと」といういかにも和風な囃子詞に、「アラベスク」「メヌエット」という西洋の音楽用語を差し込むことで、「あらあら」「っとっと」という、おっちょこちょいな反復を生み出した。ドレスを捲り上げて盆踊りをしているかのような軽み、おかしみがある。

ここまで音や声に着目して作品を見てきたが、取り上げた句をふたたび見直してみると、それぞれの句には意味内容的にも新鮮な空気が行き渡っているのがわかる。それは、瀧村さんが世界の不思議に対して素直に取り組んでいることの表れである。

私の好きな句をもう少し紹介しよう。

春楡のように家族であったこと

あおあおと繊細に広がる春楡に似た、健やかな家族の記憶。作者自身はその樹の落とす葉のように離れていったうちのひとりかもしれないけれど、きっと今でもあたたかい一樹の残像に守られている。「あったこと」と過去形を名詞化するこ

とで、思い出の一枚を写真立てに入れたようなイメージが浮かぶ。北杜夫の『楡家の人びと』を思い出す人もいるかもしれないが、「春」という文字の存在によって楡家とは別の、どちらかといえばごく普通の一家族を想像することもできるだろう。爽やかに切ない。

夾竹桃ざわつかせ僕たちは夏

夏よ！（曖昧さを回避していない）

一句目、直線的な葉に白やピンクの意志の強い花をつける夾竹桃を、「僕たち」はざわつかせる。夾竹桃は有毒でもあるのだが、そんなことはものともしない「僕たち」の青春、ならぬ朱夏のやんちゃぶりが気持ちいい。ところで、その「僕たち」とは？「僕たちの夏」ではなく「僕たちは夏」だから、おっと、君たちこそ夏自体なのではないか。

二句目、夏自体に「夏よ！」と呼びかけているのであれば曖昧なところはひとつもないが、「曖昧さ」の側から回避するかしないかの二択で考えるとすると、「回避していない」方が率直である。だから、勢いよく「夏よ！」と言うことは、実は曖昧なのだ。「夏」というものの複雑さ、得体の知れなさに対して、考えなく発語したことにカッコ内でことわりを入れ、丁寧に回避できる可能性も示したことで、聡明な人がはっちゃけてしまった微笑ましさが生まれた。

植物や季節の持つムードを過信せず、作家の筆力で描き切られた作品は、鮮やかで揺るがない。風物、言葉、そして心と平等に向き合うやさしさが、身近に置いて愛したくなる句を絞り出している。

『留守にしております。』は、瀧村小奈生の言葉への好奇心、外界に対する率直さ、それらによるこまかな達成がむぎゅっと詰まった句集である。

追伸：珍しい生き物のおしゃべりみたいな句もよかった。

鵺だったとしても性格◎

畳み方がややこしいけど羽なんだ

私も仲間に入れてほしい。

白い靴

荻原裕幸

靴踏んで、ねえ、白すぎるから踏んで

少年か、少女か、澄んだ声がどこからか聞こえる。たぶん買ったばかりで、汚れのない真っ白なスニーカーなのだと思う。新品の靴の白さを、美しいと感じて喜ぶことができたのは、友人たちに会うまでのひとときで、会ったとたん、それまで美しく見えていたはずの自分の靴の白さが、何かしら浮いていることに気づく。むしろその白さは、自分に何かが欠落しているのを暗示しているようにさえ思われた。なぜわたしの靴だけが白いの？　わたしが何かわるいことした？　わたしにも仲間のあかしをちょうだい、ねえ、誰か、わたしの靴を踏んで、踏んでよ、と、まあそんな、少年少女的な、どこか屈折した心情から生じるモノローグが思い浮かぶ。潔癖だからこそ汚れを求める、奇妙な、しかし、とても愛らしいキャラクターの姿がここにある。

作品のもたらす印象と生身の作者をダイレクトに結びつけるのは、良いことではない気もするけれど、スタートして半年ほどのとある秋の日、ねじまき句会にやって来た瀧村小奈生の印象は、私にとっては、この句のキャラクターそのものだった。瀧村は、川柳のビギナーであるゆえの純粋さとたぶん生来の性格から来る純粋さが相俟って、白さ、と呼ぶほかないような何かを抱えていた。そのことに自覚があったのだろうか、一刻も早く白さを消してしまいたそうだった。いたく熱心で、好奇心のかたまりでもあり、しばらくの間、私は

質問責めにされた。また、良い句だなあと思って瀧村の句を褒めると、ほんとに喜んで良いのか、批評の手を抜いたりしているのではないか、と詰問されたりもした。私は、そのたびに苦笑を、と言っても、快さや楽しさを伴う苦笑を浮かべていたのである。

瀧村小奈生が、ねじまき句会にやって来たのは、すでに二十年前、二〇〇四年の九月だった。その頃、私の視界にあった川柳の世界は、選句はするが批評はしない、つまり、以心伝心に近いスタイルで展開される大会や句会がまだ大半を占めていたように思う。閉塞的な情況を打破しようと、他ジャンルとの繋がりを活かして開催されたシンポジウム、二〇〇一年の川柳ジャンクション、二〇〇三年の川柳誌「バックストローク」の創刊、等々、川柳史を賑わす出来事が続くなかで、なかはられいこが、新しい川柳の世界を拓く意図でたちあげたのが、ねじまき句会だった。そこに瀧村がやって来たのだ。運命的な出逢いだった、と言っておこう。瀧村は、できるところまではことばを尽くして川柳を考えたい、そしてその先にある川柳の秘密に出会いたい、という、ねじまき句会の趣旨が、そのまま歩いているような人だった。その瀧村小奈生の第一句集が刊行される。どきどきする。

*

ところで、川柳って何なのだろう。瀧村小奈生の句集の栞について思案しながら、ひさしぶりにそう自問してみた。川柳って何なのだろう。短歌や俳句とはどう違うのか。日本の文学史をベースに、教科書や事典のような答を出すことは可能だろう。しかし、そんなことをしてみても、川柳が何なのかを語った感じがしない。川柳には川柳人の生き方のようなものが反映されている。川柳人誰もがそうだとは言わないけれど、川柳人は、一般に、川柳って何なのだろう、などとまどろっこしい自問などをする前に、川柳を書いて、川柳を読んで、そして川柳を慈しむのである。それが基本なのだと思う。それは共有した上で、もう少し解像度の高いアプローチはできないものだろうか。川柳の秘密が理屈で解けるものではないにしても、川柳にも理屈はある。どこまでが理屈で解けて、どこからは理屈で解けないのか、それを考えるのは決して無駄なことではない。仮説くらいは語りたい。瀧村小奈

生の第一句集『留守にしております。』には、川柳を深いところから再考したくなる作品が多く収録されている。

敷島の大和に降らす太田胃散

大和がいかほどの範囲を示しているのか、これだけでは特定できない。ただ、書かれたことばを真に受けて読めば、実に壮大なスケールの句だと感じられる。胃薬以外の何ものでもない太田胃散を、セスナ機とかヘリコプターで散布するかのように書かれている。政治等の乱調で、この国に碌でもないことばかりが起きて、胃の不調を訴える日本のために、列島に太田胃散を降らせているのである。ずいぶん大掛かりな処方である。大掛かり過ぎて読んでどこか笑ってしまうところがある。また、こうも読める。つまり、太田胃散の服用が必要なのはわたしであり、飲もうとしてうっかりこぼしてしまったのだと。こぼした場所は、わたしの家のリビングの床だったり、住んでいるエリア、たとえば名古屋だったりするのだろう。それらは大きく広く見れば、敷島の大和、に含まれた場所、その一部なのである。わたしのいまここが、どのような場に属しているか、つまりは、わたしがどこに属しているかを示唆している。いずれに解しても、大事なのは、かなり大仰な表現を含むのに、それをメタファーとしてこの世界に対応させながら読むのが困難なことである。

現代の日本の定型詩で、短歌と俳句は、どれほど極端で誇大な表現を伴ったとしても、結果としてこの世界に収束するような時空に寄り添って書かれている。少なくともそう見えることが価値だとされている。日本的な遠慮や婉曲や羞恥によるバイアスがかかっても、リアルであることが価値から完全に外れたりはしない。限られた音数で、いかにしてリアルを引き寄せて来るか、という世界なのである。他方、川柳はどうだろうか。そこに書かれた内容を真に受けるかぎり、川柳は、この世界に収束するような時空を大して問題にはしないようだ。短歌や俳句におけることば、メタファーをはじめとしたレトリックは、どれほど奇矯に見えても、つまるところ読者に、現実だの真実だのを手渡すために機能するのである。川柳では、書かれたことばそのものが世界であり絶対であり、自立している。連想の展開は自由だけど、ここの部分、実はこのような意味で、といった二重の構造を有するこ

とがない。短歌や俳句の文体がメタファー的だとすれば、川柳のそれはアレゴリー的だと言える。月が青い、と書かれていれば、月が青い、のである。恋愛感情とは直結しない。敷島の大和に降らす太田胃散、と言えば、太田胃散が大和に降るのである。それが川柳の王道的な世界であり、瀧村の世界の魅力の源でもあるのだ。

*

あまり理屈っぽく読むのも、それはそれで瀧村の世界から離れてしまう気がするので、少し好みに傾きながら『留守にしております。』の作品を見てみよう。好みの五句の鑑賞をもって、瀧村小奈生の句集刊行への餞としたい。

受話器押しあてれば雪の積もる音

受話器の向こうはどこなのだろうか。誰との電話なのだろうか。受話器に強く耳を押しあてるのは、相手の声が聞きづらい、あるいは、相手のいる場所のことが気になる、のどちらかではないかと思う。この場合、たぶん後者ではないだろうか。映像や画像のやりとりも自在なこの時代に、おそらくは固定電話で、音だけを頼りに、向こう側のことを考えている。もしかすると、モバイル式の電話が普及する以前の時代の回想かも知れない。いずれにしても、そこは、電話の向こう側は、積雪が予想されるような情況なのだ。そしてわたしは、雪の積もる音、を聞く。表現として、相手との関係性は深く問わない。気象的な情況も深く問わない。ただ、わたしはそこがどんな場所なのかが気になって、受話器に耳を強く押しあてる。すると、人間には不可聴のはずの、雪の積もる音が聞こえるのだ。何とも美しい川柳である。

これからが躑躅やんかというときに

定型詩でしばしば見かける、虫食いの穴埋め問題にぜひとも使いたい一句である。躑躅の三音を伏せたら、埋められる人はまずいないと思う。桜の三音がすぐに浮かぶけれど、そんなありきたりでは面白くないやんかと自身で否定することになりそうだ。そう考えると、候補が一気に膨らんで、そし

て妥当だと感じるものがほとんどなくなる。もちろん、作者は、伏せられた躑躅を見つけ出したわけではなく、これからが躑躅やんかというときに、という句をまるごと書いたのだけど、躑躅、という、その発見やその選択が絶妙だと錯覚されるのは、たぶん、理屈を超えた、川柳の秘密に属する領域のことがらだからだろうと思う。

まだすこし木じゃないとこが残ってる

カフカの『変身』では人間が毒虫に変身する。私にはあれがどうも理解できない。ただ、何らかの木に変身する感覚ならよくわかる。身に覚えがあると言ってもまるっきりの嘘ではない。しかし、変身とは、デジタル的なもので、部分的に木になっていないところが残るなどという情況は考えてみたこともなかった。もしかするとこれは、変身ではなく、木によるわたしへの侵食のようなものなのだろうか。わずかに残された木じゃないとこ、つまりは人間だった部分によって書かれたことばということになろうか。この侵食、私も体験してみたいなあと思うのだけど、不可逆性のものだと人間に戻れなくなりそうで、ちょっと怖い。方法もわからないし、何よりも意気地がないので、試すことができない。

かなしいのかしら和蘭陀獅子頭

ネットスラングに、日本語でおk、というのがある。あなたの言うことがよくわからないという意味で、苦情と言うよりは揶揄の感覚に近い。私も、理屈を捏ねていると、私自身の中の人からこれを言われる。しかし、そもそもが日本語かどうか怪しい定型詩においては、少々のことでは言われないはずなのだけど、私は、この一句を読んで、笑いながら、日本語でおk、と呟いたものである。かなしいのかしら、の音の感じが、和蘭陀獅子頭、を引き寄せたのだろう。関連のなかった二つのことばが強引に関連づけられることで、何かしら悲しげな世界がたちあがった。先般、偶然、和蘭陀獅子頭の画像を見たとき、反射的に、愛誦句であるこの句を思い浮かべた。瀧村はこの作品によって、和蘭陀獅子頭ということばを独占している。素晴らしいことだと思う。

カインズに無口な鍋を買いに行く

ホームセンターのカインズは、私も日常的にしばしば利用している。あれ、探せばあるだろうな、くらいの感覚で出かけて、探して見つかることがほとんどだし、探して見つからなくても、店員さんに聞けば見つかる。日本は実に便利な国である。しかし、瀧村は、と言うか、この句の話者は、カインズで無口な鍋を見つけられたのだろうか。こうして句に記されて、否定されていないからには、入手することができたのだろう。さすがはカインズである。私は、カインズやその他の店で、饒舌な鍋は買ったことがある。無口な鍋とは遭遇したことがない。必要なわけじゃないけど、今度カインズに行ったら、こっそり探してみよう。

「いたしかなさ」というちから

なかはられいこ

のがのならなんのことない春の日の

冒頭にこの句をかかげて句集『留守にしております。』の世界は開かれる。これでもか、と重ねられた「の」。のほほんと、のどかで、のんきで、のんびりした空気に包まれているような気分にさせてくれるのが、この「の」なのだと思う。「世が世なら」には意味があるが「のがのなら」に意味はないし、必要もない。春のひだまりの中にぽわんと気持ちよくひたれれば。

瀧村小奈生とは名古屋で開催されている「ねじまき句会」で初めて出会った。二〇〇四年の九月のことである。もう二〇年もむかしだ。人が生まれて成人するまでの時間だと思うと感慨深い。彼女にとって初めての句会、初めての川柳だったにもかかわらず、選んだ句へのコメントは的確だし、質問は痛いところをついてくる。そのくせ瞳がやたらキラキラしていて、楽しい遊びを見つけた子どものようで、川柳界のアクに染まったわたしには眩しくて、ちょっとたじろぐほどだった。参加者の発する言葉をいちいちメモする姿は大げさに言えば、敬虔で、新鮮だった。合評の間中、となりの席から聞こえていた鉛筆の音をいまでも時々思い出す。

そんな「ねじまき生まれのねじまき育ち」の瀧村がやっと句集を出す気になった。めでたい。

が、栞文を書けと言う。
困った。
好きすぎる。
平常心が保てない。
ずっと近くにいたのに、近すぎてちゃんと考えてこなかった。そのツケが回ってきたのだと観念した。わたしの「好き」がどこから来ていて、どこにあるのかを探りながら書かせていただくことにする。

　きょうもまだ雨音になれなかったな
　言い訳の代わりに九九をずっと言う
　がんばって擦るとたぶん消える月
　これからが躑躅やんかというときに
　いま少し欠けて聞えません　月

　孫たちのお気に入りに「ざんねんないきもの事典」という本があって、なんどもせがまれて読み聞かせをした。リスの尻尾は簡単にちぎれるけれど再生はしない、とか、ワニは噛む力は強いけれど、口を開ける力はおじいちゃんの握力にも負けるとか、イルカは眠ると溺れてしまうとか。そんな脱力系の逸話に子どもたちは大笑いする。おとなであるわたしは笑ったあとでだんだんせつなくなる。そしていままでよりもいきものたちがいとおしくなる。

　これはなんのちからだろう。

　右にあげた作品たちには、ざんねんないきものたちが、ざんねんさゆえにいとおしくなることと同じちからが働いている。

　そもそも川柳を書くひとびとには、「美」とか「善」とか「正」とか「強」とか「全」とか、そういう字があてられる事象や観念、つまり、どこに出しても恥ずかしくないものを、見たり聞いたり述べたりすることに対する気恥ずかしさやモヤモヤした感覚がある。それがささやかな抵抗として発現することが多い。けれど瀧村の作品は少しちがうように思う。

　いきものたちは生き残るために体や生態を変化させてきた。

　それは抵抗という能動的なものではなく、もっと受動的なもののように思える。

　他に選択肢がなくて、いたしかたなく、そうなったのだ。

瀧村作品に通底するのは、この「いたしかたなさ」なのではないだろうか。

掲句に戻ろう。

なりたいものが「雨音」だったり（しかも今日もまだなれてない）ぶつぶつ言い訳してると思えば九九だったり、確信もないのにスクラッチカードみたいに擦ってみたり、やっと「躑躅」というクライマックスを迎えられそうな直前で失速してしまったりする。「月」の言い訳にしてもなんというへなちょこぶりであろう。それもこれもみんな、他に選択肢がない、切実な状況を背後に抱えているのだ。

まだすこし木じゃないとこが残ってる

子どものころ、人は歳とともにだんだん木になってゆくのだと思っていた。事実、晩年の祖父はどんどん梅の木に似ていったのだ。清冽で粋で。いまでも白梅をふり仰ぐたび大好きだった祖父を思い出す。

もちろん、木になることが良いことなのか、悪いことなのかで解釈の分かれる作品ではある。だが、どちらにしても主体（人であれ、人以外のものであれ）にとって、木になることは良くも悪くも自然なことで、感傷的になるのは読み手の勝手で、そんな感傷を「じゃないとこ」という舌足らずな言い方で、ひょいっと軽くしてもらった、と思うことも勝手だと思う。深刻さや、感傷といった重いものを回避する。回避していることさえ気づかせず、あるいは気づかずに。ここにも「いたしかたなさ」のちからが働いている。

川柳に関わっていると暮らしかたがすこしだけ丁寧になる。見たと思っていたのに、実はなにも見ていなかったことに気づく。

誰よりもうつくしく剝く茹で卵

湯豆腐の大和魂らしきもの

薄皮がうまく剝けずでこぼこになった茹で卵はかなしい。それが奇跡的にツルッと剝けたとき、茹で卵剝き選手権で表彰台にあがったような気になる。そんな晴れがましさが「う

つくし〳〵」の五音となってキラキラひかる。

湯豆腐（きっと木綿）は無骨で無口。ふつふつと魂をたぎらせて静かに湯に沈む。ぽっかり浮かんで掬われて、頭上に花かつおを頂くまでが宿命。粛々と従うのみ。

ただの食材である卵や豆腐にいのちが宿る。食材どころか、無機物にさえいのちを吹き込むことができるのが川柳なのだ。卵や豆腐の声を聞きのがさない、そんな丁寧な暮らしが良質な川柳を生むのだと思う。

どこまでも晴れて龍角散日和
吊り革のように暮らしていますから

冬晴れの空に向かって「りゅうかくさん」と声に出してみる。「角散」が脳内で「拡散」に変換されてしまう。かすかにじいちゃんの匂いをさせながら、青空に振り撒かれる白い粉のゆくえを思う。

電車に乗って吊り革に手を伸ばす。ふらふらした吊り革を一度握りそこね、ふたたびしっかり握る。握りながら思う。ふらふら揺れて、まるで自分みたいだなと。

そんなふうに暮らしは続く。

留守にしております秋の声色で

句集のタイトルとなった作品である。とても風通しのいい一句だ。涼やかな秋の空気が体感として伝わってくる。深い青の空と、ときおり風にゆれる芒とか、コスモスとかがあたまに浮かぶ。主らしきものは留守で、だれもいないはずなのに、さっきまで確かにだれか（あるいは何か）がいた、という気配が色濃く残っている。見えない指がふわっと頬に触れるような。そうした気配を「声色」という言葉がひっぱってくるのだ。

正直に言うと、初見で「秋の声色」を「秋色の声」と誤読していて、あやうく通りすぎてしまうところだった。秋色の声はさらっと通りすぎてしまうけれど、秋の声色はふわりと頬に触れてゆくのだと思う。

私人としての瀧村小奈生は、頼まれれば自分がどんなにいっぱいいっぱいでも、引き受けてしまう。それが領分の内

からうんと外れることであっても、頼られれば断れない。だからこそ「いたしかたなさ」も発揮されるのだろうけど。事務能力は高いし、連句もできるし、木だし、雨だからしかたないんだけど。

そんな瀧村小奈生の魅力がいっぱい詰まった本句集を、こころゆくまで楽しんでほしい。へなちょこなかわいらしさから上質な言葉遊びまで、紹介しきれなかった佳句はたくさんある。

太刀魚のひかりをするするとしまう

大好きな作品だ。
あ、しまわないで、もう少し見ていたい。と言ってみても、彼女はあのひらぺったくて白銀に輝く魚をするする巻いていくのだ。「またあとでね」とにっこりほほえみながら。
わたしはいたしかたないな、と思う。そして、しまわれたひかりがいつか作品となって帰ってくるまで待とう、と思う。

七月の梯子八月の脚立
台風の前夜全うしています

行合の空と海とを混ぜている
満月もS字カーブを曲がりきる

敷島の大和に降らす太田胃散
この国のかたちに曲げてみる肢体

三重県にふれるところがややこしい

修復は可能か干椎茸の襞

九条葱いよいよ揺るぎなくぬめる

ぶちまけて冬夕焼けが身に余る

オランダの夜だな明るい十二月

おいそれとゆかぬ葉牡丹かしこまり

猫の耳ぬらして雨があたたかい

春立つ日待って候　草々

第三者委員会やら黄砂やら
いろはにほへとへとになるまでさくら

ここからが父そこは湖

木漏れ日の模様をつけて家族です
平日用ダイヤで運行してる父

死んじゃった風の話を父の午後
そういったはずだと猫じゃらしそよぎ

ごたごたもあるがセロリはきんぴらに
寝返りを打って二月の川のまま

発熱の母屋を母がかけめぐる

垂乳根の母ちがうからかめへんねん

相次いで割り箸を割る音がする

生い立ちを語りはじめる油揚げ

母方は羊歯植物という出自

メリークリスマス点灯する家族

ばあちゃんは走ったことのない系譜

じいちゃんの全力疾走的余談

トランジスタラジオ朧にそばぼうろ

扁桃腺腫らしてコレコソガ夜

姉さんは葉擦れの音をしまいこむ
走者一掃兄はまだ帰らない

妹が帰るポピーをふるわせて
いもうとは次女だし月はまるすぎる

つつがなし牛乳石鹼匂わせて
春楡のように家族であったこと

あらアラベスクメヌエットっと

かなしいのかしら和蘭陀獅子頭
だいおんじやうあげてマイマイ通過する

朝っぱらから鳴り物入りのきゅうかんばあ

思いあたる節があんまりないきゅうり

ドップラー効果だな　って驟雨

夏よ！（曖昧さを回避していない）

逆光に向かってどうぞモッツァレラ

万華鏡回し続ける屈斜路湖

かきまぜるんじゃないヘクトパスカルな夜
九月なんだか鯨の涼《あばら》なんだか

芒ゆれて常にもがもな風もがな

くるくると梨剝く夜はあかるくて

ＣＱＣＱこちら友だち秋高し

月はあっち魚眼レンズをこぼれ出る

予報では雨これでもかとシャンツァイ
有耶無耶のそこらここらが熱っぽい

霜柱鳴らしてキノフケフサツキ

行く年のクイックルワイパーくる

どのくらいサムギョプサルでいられるか
海ときに梅と概要欄に貼る

文末に西洋タンポポ黄色がる
なんもなんも根の白々とひやしんす

ゆゆしきものに油取紙

春の夜がよくしみこんだ肺である
ただならぬ肌をさらしている四月

畳み方がややこしいけど羽なんだ
すれ違うせせらぐ音を持つ人と

長くなった影をはずしているところ
沈丁やそのへんが夜の入口

木の橋を渡ると風になる五月

あ、というかたちのままで浮かぶ声

猛暑日の茹だりきれない一部分

水曜の守宮ただしく湾曲す

鵺だったとしても性格◎

青いねと言うとき空の声が変

梨の水ふくめばみんなよい人に
早く透けたいねと月を浴びている

夜が飛ぶ窓のかたちでひとつずつ

ああこれが水の色だね月のぼる

揺れてればコスモスになれる　たぶん

脱ぎ捨てたものがかさこそ鳴っている

悲しがる人の卵は固茹でに
煮凝ってみるとなんとかなるものね

真冬日の声はマサチューセッツまで
降るもののなかで霰になるつもり

曇天がかたむくときのトム・ウェイツ
裸木になってかかかと笑ってる

海だからって春だからって

冬瓜は半透明で無自覚で
高野豆腐じゅわんとあふれ出る殺気

セロリかじるとかなしい音がするんだよ
蕗茹でて蕗の匂いの人になる

蛇口から春だ春だと流れだす

全方位的に完璧な煮崩れ

片影のそこで途切れている歩道

七月の変ロ長調室外機

降りやんだらしい雨音行方知れず
折れ曲がった光がぜんぶ掌に

木の一部始終が水であったこと

紙コップ立つ秋の日のコカ・コーラ

かもしらんけどお月さま茹であがる

小骨でも秋でもないものが喉に

カインズに無口な鍋を買いに行く
ナフタリンだったところがやさしいの

十月をきれいにたたむ綿のシャツ
くりぬいてクローゼットにしまう空

たたかいのようだねポインセチア燃ゆ

この町を毎日去っていく電車

無人駅通過バンテリン浸透
着信音ホチキス綴じの夜空から

あとがき

「じゃあ、せっかくだから川柳を書いてきてね。題は…」なかはられいこさんのこの一言で、わたしの川柳がはじまりました。以来ずっと、ねじまき句会で川柳を書いています。「井の中の蛙」でいられた果報者です。句集を出すことも全く現実的に考えられなくてぐずぐずしていました。そんなわたしに凝りもせず「句集を出そう」と言い続けてくださったなかはられいこさんに心から感謝しています。

川柳って何？　がわかるかもしれないと連句の会に参加するようになり、俳句とはどう違うの？　と俳句の会の仲間にしていただきました。桃雅会（連句）の杉山壽子さん、ペンキ句会（俳句）の二村典子さん、ありがとうございます。未だに成長がなくて右往左往しているのが申し訳ないばかりです。

栞文を書いてくださった佐藤文香さん、荻原裕幸さん、なかはられいこさん、句集の刊行にあたりお世話になった左右社の筒井菜央さん、デザイナーの佐野裕哉さん、ありがとうございました。おかげさまで、川柳を始めたときには思いもよらなかった「わたしの句集」というものを現実のかたちにすることができました。

句集を出すことに決めてから「西町のおばあちゃん」（その頃は祖母だと思っていたが実は違っていた）のことをよく思い出すようになりました。幼い頃のわたしに人生の「はじめて」をいっぱいくれた人です。スピッツの出産、万灯会の明り、百人一首の暗記特訓などどきりがありません。このおばあちゃんにはじまって、明らかにわたしは人との出会いに恵まれてきました。素敵な人、すごい人、好きな人にいっぱい会えました。その人たちを通じてたくさんのものごとにも出会えました。川柳を書き続けていられるのもそういう日々の暮らしのおかげです。普通に書くと「ありがとうございます」しか、あとがきに書く言葉がありません。だから、最後にもう一度、心をこめて、今までに出会ったすべての方々と、この本を手にとってくださったすべての方々に申し上げます。

ありがとうございます。

滝村小奈生（たきむら・こなお）

一九五八年生まれ
ねじまき句会、海馬川柳会（川柳）、ねじまき連句会、桃雅会、猫蓑会（連句）、
ペンキ句会、満月句会（俳句）に参加

留守にしております。

二〇二四年二月二十九日　第一刷発行

著者　瀧村小奈生
発行者　小柳学
発行所　株式会社左右社
東京都渋谷区千駄ヶ谷三丁目五五－一二ヴィラパルテノンB1
TEL　〇三－五七八六－六〇三〇
FAX　〇三－五七八六－六〇三二
https://www.sayusha.com
装幀　佐野裕哉
印刷所　創栄図書印刷株式会社

ISBN978-4-86528-407-2